衛斯理系列 少年版 05
鑽石花

作者：衛斯理

文字整理：耿啟文

繪畫：余遠鍠

衛斯理
親自演繹衛斯理

老少咸宜的新作

　　寫了幾十年的小說，從來沒想過讀者的年齡層，直到出版社提出可以有少年版，才猛然省起，讀者年齡不同，對文字的理解和接受能力，也有所不同，確然可以將少年作特定對象而寫作。然本人年邁力衰，且不是所長，就由出版社籌劃。經蘇惠良老總精心處理，少年版面世。讀畢，大是嘆服，豈止少年，直頭老少咸宜，舊文新生，妙不可言，樂為之序。

倪匡　2018.10.11　香港

目錄

主要登場角色

黃俊

石菊

死神

黎明玫

衛斯理

唐氏三兄弟

錢七手

納爾遜

第一章

彈向大海的鑽石

多年來，我因 **好奇心** 太重，常被捲入奇異事件之中。今天翻閱舊照片，回顧那些奇幻歷險時，看到一張鑽石花照片，想起來，那應該是云云事件中最早的一樁了，那時候我甚至還未認識白素。當時，我因為一時好奇而惹上 **大麻煩**，更沒想到眾多武林高手也牽涉其中。**事情是這樣的——**

那是一個冬天 **晚上**，我在渡輪甲板上吹着晚風，忽然聽到「嗤」的一聲，看過去，發現一個年輕男子倚着欄杆，面向海面，左手拿着布袋，右手從布袋中拈出一粒 **亮晶晶** 的小珠子，用中國武術的指勁向大海彈出去。

他不斷向大海 彈出珠子 ，初時我以為那些是玻璃珠子，但走近觀察後，大吃一驚，因為那竟是一粒足有十克拉的鑽石！

那人滿臉憂傷，難道他像電視劇的主角般，因失戀傷心過度，所以把定情之物擲出大海？

我想了一想，那些鑽石也有可能是賊贓，他在被迫銷毀證據。又或者，這屬於一種創新的走私方法？

但不論是哪種情況，我都決定要阻止他，於是踏前一步，喝道：「**住手！**」

那年輕人以為我想對他不利，迅即將手中的鑽石向我彈射過來，幸好我也受過中國武術訓練，即時*閃身*避開，鑽石恰好打在欄杆上，深深地鑲嵌到欄杆裏去。

這時我看得更清楚，也更確定，**那的確是十克拉以上的鑽石！**

「兄弟，你這袋東西如果捐出來建學校的話，那所有山區兒童都能上學了，何必丟進大海這樣浪費呢？難道它們**不見得光**？」我試探地問。

「你少管閒事！」那年輕人惡狠狠地撲過來。

我後退兩步，他突然單足轉了半圈，向我的側邊攻過來。從這招式，我已看出他的師承了。

我不願跟他纏鬥太久，於是拔出一柄手槍指向他，

「**別動！**」

他立即僵住不動，我差點笑了出來，因為這柄「**手槍**」是一個老漁民送我的禮物，是用海柳木雕成的，形狀和真的手槍 **一模一樣**。

我深信那些鑽石必定跟不法勾當有關，便嘆息道：「想不到北太極門下的弟子，竟會幹出這樣的事來！」

那年輕人被我説破了他的師承，顯得十分**尷尬**，竟把手中盛滿鑽石的布袋向我擲射過來。

這大大出乎我的意料之外，如果我避開的話，那袋鑽石便會 **掉進大海**，我只好伸出左手抓住那袋鑽石。可是剛一抓到，那年輕人便趁機突襲我的右手，並打掉那柄手槍。

他從手槍落地的聲音聽出那是假槍，憤然地一腳把它踏成碎片。

「一袋鑽石換一把木槍，太划算了。」我拿着那布袋笑道。

「**你是誰？**」他怒問。

我自然不肯告訴他，笑說：「**你猜？**」

那年輕人老羞成怒，一腳把地上的木碎片朝我的臉踢飛過來。就在我閉上眼睛的剎那間，肩頭上已中了他一掌，力道之**大**，使我向後一仰，半個身子已**翻出了欄杆！**

我心知一定會跌入大海，於是以牙還牙，使出一式「鐵腿鴛鴦鈎」，雙腿將那年輕人的身子鈎住，使他與我一起跌進大海。

但我們**墮海**的位置離船身太近了，萬一被捲入船底，那便凶多吉少。我絕非想殺他，於是在半空中雙腿一揮，先把他甩到安全的位置落海，接着我也及時一掌打向船身，借助反作用力**彈離**船身。

在我跌入大海後，已看不到那年輕人的身影，只好隨着海水**飄流**，輾轉飄到了一個**荒島**，那時尚未天明。

上岸後，我看到不遠處冒起 一縷煙，連忙跑過去，發現竟是那個年輕人，他正在 烘乾 身上的衣服！

我們互望了一眼，不禁「哈哈」一笑。我老實不客氣地坐下來，借火取暖和烘乾衣服。他沒有和我說話，只顧小心翼翼地在火上烘乾一張寶麗萊照片，神情悲傷。

我隱約看到照片中是一個西方少女，她在麥田上奔跑，笑容燦爛。

「你的 愛人？」我冒昧地問。

他點了點頭。

「她死了？」我猜測道。

他卻搖了搖頭，然後伸出手問：「那袋東西呢？」

他所指的當然就是那袋 鑽石，我拿出那布袋說：「我並非賊匪，只是覺得事情很可疑，想知道你為什麼會有這麼多貴重的鑽石，而又把它們棄於大海？」

他 冷冷 地說:「知道太多只會給你帶來麻煩。」

但我的好奇心豈會輕易罷休,我立即把那布袋拋到一塊石頭上, 挑戰 道:「我們不如來一場比試,看看誰能搶到這袋鑽石。如果你贏了,那就物歸原主,我什麼事都不過問;但如果我贏了,你便要回答我剛才的 ?問題?。」

「好, **開始吧。**」他十分高傲,說了開始,卻仍未動手。

　　但當我一個 **箭步** 衝向那袋鑽石時，他一個空翻已趕在我的前面了！

　　我不敢怠慢，連忙使出擒拿法抓向他的後肩，扣住他的「肩井穴」和「鳳尾穴」。沒想到他及時轉身 **避開**，還緊接着來一式「攬雀尾」，把我的來勢化解，並向我 **反彈回**來！

　　我心中暗暗叫了一聲「好」，急忙變招，以「逆拿法」反制他。

　　彼此來回交手十多招後，依然 未分**高下**，隔着那袋鑽石對峙着。我們都深深明白到，要擊敗對方絕非易事，必須付出極大的代價。

　　對峙了幾分鐘後，他的神態突然 **放鬆**下來，他垂下雙手説：「算了，還爭什麼？我回答你的問題就是。」

　　我也笑道：「好，我保證不會説出去，也不會拿走你的鑽石。」

沒想到他趁我有所鬆懈之際，突然撲前搶了那袋鑽石！

我還天真地問：「你現在可以告訴我了吧？」

但他笑而不語，只把那袋鑽石抓得緊緊的，我這才恍然大悟，「可惡！你太卑鄙了！」

「朋友，兵不厭詐。」他笑道。

16

我平心靜氣地想了一想，也覺得自己確實太大意了，他給了我一個 **極大** 的教訓！

「既然這樣，我也不需客氣了。」我笑了笑，正準備使出渾身解數挽回面子的時候，突然「**砰**」的一聲槍響，**劃破** 了這荒島的寂靜！

第二章

被追殺的少女

荒島上突然響起槍聲，

使我和那年輕人都大

為 **緊張**，察看四

周，發現有一個少女的 *身影*

在亂石崗上奔跑逃命。

接着連環幾下槍聲，都是朝那

少女射去的，幸好她身手矯捷，沒

被打中。

我們兩人連忙 躲

了起來，只見那少

女也緊緊地靠在

一塊大石後面，並沒有注意到我們的存在。

沒多久，石崗上出現了兩個握着手槍的殺手，他們四面張望，搜尋着那少女的蹤影。忽然，他們看到了我們燃起的那個火堆。

那兩人從亂石崗走下來，一步步向火堆走過去。

那隱藏在大石後的少女，她的身子隨着殺手的方位

而挪動，以避開他們的 *視線* 👁。

我因此可以看清她的側面：她身穿一件很普通的織錦粉色棉襖和一條黑色西裝褲，燙着短頭髮，頸上圍着一條 **鵝黃色** 的絲巾。此刻，她的臉色異常 **蒼**白。

雖然只看到側面，但也能看出她有一張非常秀氣的臉龐。她的打扮既似普通都市少女，但又有一種説不出來的獨特氣質。

我向身旁的年輕人望了一眼，發現他的臉色極 **難**看。

他定睛看着那少女，臉上流露着驚恐、失望和一種倔強反抗的神色。我從未見過一個人的臉上，會有着這樣複雜的神情！

我幾乎可以肯定，那年輕人和少女之間，一定有着什麼不尋常的 *糾葛*！

此刻，那兩名殺手距離少女只有七八呎了。而看那少女的神態，她是準備向殺手撲擊過去，這實在是極其冒險

的舉動。

看到這情境，我連忙拾起一塊石子，**向外****彈****了出去**，石子落地時發出了極清脆的聲響。

那「**啪**」的一聲引開了兩名殺手的注意，使他們轉過身去，為那少女造就了**偷襲**敵人的黃金機會。

少女立刻把握機會，疾撲出去，雙手一張，便掐住了那兩個殺手的後頸**！**

他們怪叫一聲，手中的槍「**砰砰**」地亂射，卻射不中任何人。

而那少女雙臂用力一拍，兩人的頭猛烈**相撞**，當場就昏迷倒地，槍也脫手了。

只見少女立即踏前一步，將一柄手槍踢出老遠，同時俯身把另一柄手槍拾了起來。

我見危機已解，便從大石後走了出來。怎料那少女竟轉過身來，舉槍指着我，**冷冷**地問：**「你是誰？」**

我攤了攤手,「小姐,你不至於會向我開槍吧?」

「難説。」她冷漠地回答後,目光從我身上移向那個年輕人。

她看到那年輕人的時候,身體震動了一下,臉色變得更白,槍口也轉過來指着他。

這證實了我剛才的判斷,他們是認識的,而且有着不尋常的糾葛。

少女冷酷地説:「跟我回去!」

那年輕人雙手掩臉,痛苦地搖頭叫道:

「不!」

少女踏前一步,伸出手問:「那份地圖呢?」

那年輕人從衣服的暗袋裏取出一個防水尼龍袋,交給少女。

少女接過來後，仍然冷冷地說：「跟我回去吧！」

那年輕人卻意志堅決，「**不!**」

少女臉上掠過一絲 **憂傷** 的神情，手槍一揚，說：「那你轉過背去，我就地執行掌門人的命令。」

那年輕人臉色大變，而我也大吃一驚。

「**這⋯⋯真是掌門人的命令?**」他感到難以置信。

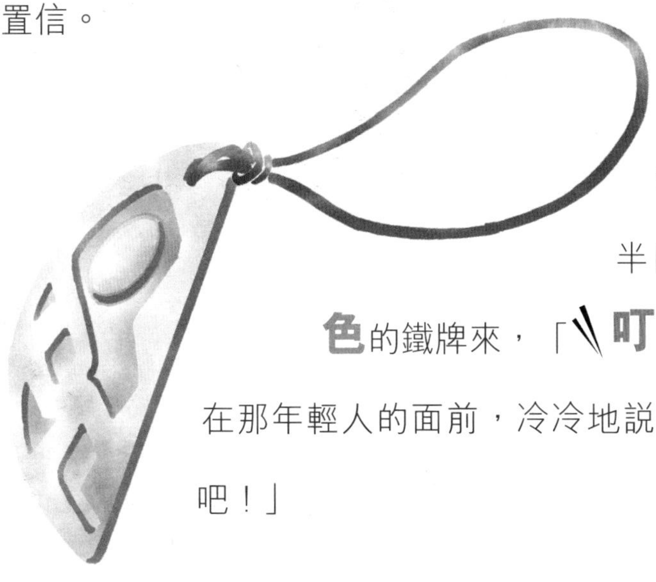

少女從口袋中拿出一塊半圓形、**青銅色** 的鐵牌來，「**叮**」的一聲拋在那年輕人的面前，冷冷地說：「你自己看吧！」

她的語氣雖然冷酷，但臉上那種痛苦的神情卻絕對瞞不過我。

那年輕人低頭一看，立即**面如死灰**，「師妹——」

他才剛開口，少女就打斷了他的話頭，認真地再問：「你願不願意跟我回去？」

「**不!**」年輕人斷然拒絕。

少女強忍着淚，身子微微顫動，手也在**發抖**，似乎準備要開槍。

我看到這個情形，急忙**躍起**，飛撲過去，希望將她手中的槍奪下來，「小姐，有事慢慢商量！」

可是來不及了，突然「**砰**」的一聲，**槍已響了!**

剎那間，我呆了一呆，接着只感到自己的左肩有一陣熱辣辣的劇痛，伸手一摸，竟摸了一手鮮血！

原來那一槍沒打中那年輕人，**卻打中了我！**

我回頭望向那年輕人，只見他故技重施，將那袋鑽石擲向少女，然後趁機逃去。

少女連開了幾槍，把子彈都打光了，還沒打中目標。此時一陣機器聲傳來，只見那年輕人駕駛着一艘小艇，迅速地離開荒島。

少女想也不想，便跑向另一艘漆成白色的遊艇。

我負傷拾起了那袋鑽石，追着她說：「小姐，他留下了這袋 鑽石 。」

「鑽石？」少女驚訝地站住，把那袋鑽石接過來看了看，喃喃自語：「**難道他已經找到了？**」

「找到什麼？」我問。

她沒有回答，只望着我的左肩說：「對不起，你的傷勢——」

「不要緊。」我苦笑了一下，好奇地問：「你為什麼會被殺手追殺？」

「嘿。」她冷笑了一聲，指着那艘遊艇說：「你難道不認識這艘遊艇嗎？」

我望向遊艇，見艇首赫然漆着「死神號」三個字，登時大吃一驚，「你得罪了他？」

少女沒有回答，只是匆匆躍上那艘遊艇，約略看過沒有人，便熟練地解開了纜繩，開動馬達。遊艇向前駛去，不過那年輕人的小艇已 **不知去向** 了。

為了離開這個 **荒島**，我也及時躍上了遊艇，並對她笑道：「你不會見死不救吧？」

少女無可奈何，惟有與我一起走進船艙。這時候，艙內的一扇 **暗門** 突然打開，一個人步履「咯咯」有聲地走了出來，向我們說：「兩位請坐！」

我們都驚呆住了，沒想到遊艇上會有暗室，而且還藏着一個人 **！**

我猶豫着是否要動手之際，那少女已經 **蓄勢待發**，準備向對方撲擊過去。可是，那個人卻揚起手杖，指了指兩邊，笑說：**「石小姐，請你看看四周！」**

第三章

　　我們四面一望，發現兩面牆上的油畫忽然自動移開，現出了兩個洞，每個洞後面都有一名大漢端着槍，**瞄準**着我們。

　　我和少女互望了一眼，在這樣的情形下，也不得不聽話坐下來了。

　　那人的臉上一直保持着優雅的微笑，他穿着一套筆挺的西裝，戴着一副**金絲**眼鏡，手中握着一根**黑沉沉**的手杖，像受過高等教育的中年紳士。

我發覺他坐下來的時候，行動不太靈活，**原來他的左腿是假的！**

這發現使我**心驚肉跳**，因為死神號的主人，正是在一場槍戰中失去左腿的。

「**死神**」是一個無惡不作的匪徒，犯罪足迹遍佈世界各地，殘殺異己的手段更是**駭人聽聞**，各國警方無不將他列為頭號罪犯。但我卻沒想到，這樣的一個匪徒，竟然會如此文質彬彬。

「**蔡博士！**」他忽然叫道。

一個穿着醫生袍的老伯應聲而出，手中提着一個大藥箱。

死神一直保持着高雅的**微笑**，指着我對蔡博士說：「這位朋友受了槍傷，你幫幫他吧。」

蔡博士向我走過來，並沒有花多久時間，便將我肩頭上的傷口包紮妥當，又為我注射了一針，才退了開去。

死神言歸正傳：「好，我們也該談一談買賣了，如果我沒有認錯的話，**閣下就是衛斯理？**」

對於他能認出我的身分，我並不感到驚訝，畢竟我也不是一個寂寂無名的人物。但我身邊的那位少女卻異常**驚訝**地看着我，還**興奮**地叫了出來：「我竟然沒有認出來，原來你就是衛斯理**！**」

「我們認識嗎？」我好奇地問。

「你不認識我，但我認識你，我一直有關注你的事迹。」少女突然顯得有點**害羞**。

「哈哈，原來是小狂迷遇上了偶像，有趣有趣。」死神笑了笑，然後喊叫：「**傑克！**」

只見 頭約高一米，全身**雪白**的長臂猿從艙門口狂奔進來，挨在死神身旁，雙眼瞪着我們兩人。

「兩位請原諒，我在談大買賣的時候，習慣傑克陪伴在側。」死神禮貌地説：「衛先生，我要和石小姐談一件與你無關的買賣，請你離開**死神號**如何？」

我挺了挺胸，十分堅決，「**我既然在這裏，事情就與我有關！**」

「衛大哥，你還是快走吧！」那少女替我擔心起來。

死神笑道：「我太失禮了，以衛先生的身分，該命人恭送才是。」

兩邊的大漢隨即把

槍口瞄準我，我立刻左

右手各射出一枚 **鐵蓮子** ，重創

他們的手指關節，使他們不能開槍。

同時，我向死神疾撲過去，可是突然

聽到「**吱**」的一聲，那隻叫傑克的

長臂猿竟向我迎面撲來，牠揮動長臂，疾抓我的雙眼！

我左肩的傷仍在痛，不宜硬碰，只好煞住身子，連忙

向後退，而死神亦喝道：「**傑克，住手！**」

那隻長臂猿極聽話，立即後退。

「衛先生，好暗器！」死神舉起手杖，杖尖指着我，此時我才看清楚，**原來那手杖是一柄特製的槍！**

死神槍法之準，是世界聞名的，他要射你的左眼，便絕不會射錯右眼。我頓時**僵立**住，不敢輕舉妄動。

「既然衛先生對我們的買賣感興趣，我也不便拒絕了！」他「**哈哈**」一聲又坐了下來，把杖尖指向那少女，「石小姐，三十億美元雖然可愛，但要是丟了性命的話，那就一分錢也享受不到了。」

三十億 美元！我被這個金額嚇了一大跳，果真是一件「大買賣」啊！

「地圖在什麼地方？」死神突然嚴肅地問，有着一股**懾人**的氣勢。

不難想像，他所指的「地圖」，應該就是 **荒島** 上那年輕人交給少女的那一份地圖了。

「我不懂你在說什麼。」少女**冷冷**地說。

死神大笑起來，「石小姐，自從你在印度的白拉馬普屈拉河附近出現，我便開始派人注意你了。**我所知道的，遠比你想像中多！**黃俊呢？他從意大利回來了嗎？」

少女臉上現出了驚惶的神色，態度也**軟化**下來，「你給我一些時間考慮。」

「沒問題！」死神身子向後靠，悠然地等待着。

艙中靜了下來，少女焦慮得足尖不停敲打着地板，發出輕微的「啪啪」聲。可是我細心一聽，便認出那些敲打聲是一種 鼓語。世界上的鼓語有許多種，我對研究鼓語也曾下過不少工夫，所以聽得出那是中國西藏康巴族人的鼓語。

我細聽了一會，只聽得那少女不斷地叫喚：「**請學天空的大鷹，帶着獵物飛去吧！**」

我馬上也輕輕地以足尖敲打着地板，回答她：「你的聲音我聽到了，但我不明白你的意思。」

死神開始注意到我們的腳尖了，少女急急地敲打最後一句：「等我有所行動的時候，你自然會明白。」

「**我想好了！**」少女忽然抬頭道：「我可以幫你找到那份地圖，但是我要分一半。」

「嘖嘖……」死神搖着頭，「你實在不需要那麼多。」

「為什麼不需要？我已經厭倦 山 谷 中的生活了，難得有機會來到外面的世界，我當然需要 $ 錢 $ ！」

「那麼我私下送你一千萬美元，足夠了吧？」死神説。

「太少了。」少女的回答很乾脆，直接還價：「四分之一。」

「小姐，錢財太多會成為匪徒的目標，不過你如果堅持的話，我可以答應。」死神連忙問：「**地圖在哪？**」

「在新加坡一家銀行的保險箱中。」

「**鑰匙**呢？」死神立即追問。

少女笑了笑，「你別忘了，我也是四分之一的股東。」

死神也大笑起來，「對，我們一起去取！石小姐，如果取到了那一大筆錢，我也打算退休了，你實在是為全世界做了一件好事！」

少女跟着他笑了笑，「我還有一個要求。我答應過祖母，要拍幾套相片帶回去給她。如今我不能回去了，這兩套相片，我想拜託衛先生帶去。」

她轉過頭來問我：「**衛大哥，你不會拒絕吧？**」

此刻，我終於明白她的行動了，她是要將那幅地圖交給我，**這實在是兵行險着！**

「當然可以！」我説。

少女取出兩個尼龍袋，我認得其中一個正是那年輕人給她的，而另一個卻不知道是什麼。她對我説：「我叫**石菊**，你到了中國和印度的邊境，雅魯藏布江的下源，向人提起我的名字，便一定會有人帶你去見我的祖母。」

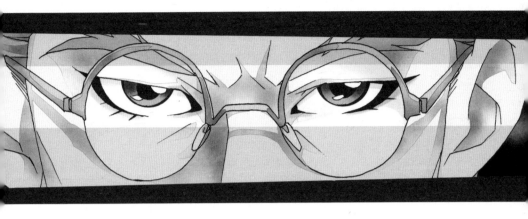

　　我伸手接過尼龍袋，死神卻以 獵鷹 似的目光注

視着那兩個尼龍袋。

　　石菊便刻意説：「我覺得應該讓死神先生過目一下，

不然他會以為我把那幅地圖就這樣交了給你。」

　　對於石菊的鎮定和勇敢，我不禁佩服至極，她明顯是

在跟死神進行 心理戰 。

　　但死神行事精明謹慎，當然不肯輕易放過這兩個尼龍

袋，「能夠欣賞一下石小姐的倩影，是我莫大的榮幸！」

一時之間，我也不敢拿主意，只聽到石菊腳尖點地，以鼓語對我說：「**給他。**」

我實在想不明白她還有什麼後着，只好相信她，將兩個尼龍袋放在地板上，向死神推了過去。

石菊一副不在乎的神態，死神拿起了其中一個尼龍袋，剛要**撕開**來的時候，我的心已「**怦怦**」地亂跳起來，因為我認得這個尼龍袋正是從那年輕人（多半就是死神提過的那個黃俊）那裏來的。

石菊**笑**瞇瞇道：「不要拆這袋，這袋照得不好。」

第四章

危機四伏

「石小姐，你刻意叫我不要拆，明顯想我將 ? 疑心 ? 放在這一袋，但我偏要懷疑另一袋！」死神笑着放下手中的尼龍袋，取起另一袋來！

這時候，我心裏不禁佩服石菊的膽量和智慧，她在這場心理戰上暫時領先。

死神打開尼龍袋，袋中有一包 **方方整整**、以白紙包裹着的東西。拆開白紙，裏面是一疊約有二三十張的相片，死神概略地看了一遍，只是普通的旅遊照片。

　　此時，死神又取回第一個尼龍袋，要打開來看看。

他果然是個處事謹慎的人，**兩個尼龍袋他都要檢**

查！

　　我和石菊的心都在**怦怦亂跳**，如果死神得到了地圖，我們便沒有存在價值，他必然會殺人滅口。我們要是想趁機偷襲他的話，必須先過長臂猿那一關，可是在**纏鬥**的過程中，死神已有充足的時間向我們開槍了。

　　萬萬沒想到，死神打開了尼龍袋，朝袋裏瞄了一眼之後，便把袋關上，連同另一個袋一起拋回給我。

　　我心裏十分好奇，他沒看到裏面的地圖嗎**？**難道裏面沒有地圖**？**但我當然不能問他，也不便打開來看，只好裝作若無其事地把它們塞進衣袋裏。

「衛先生，前面有一個島，你可以在那裏上岸離開。」
死神説。

「那你們呢？」我立刻問。

「當然是去新加坡。」他簡潔地回答。

我擔心地望向石菊，她足尖點地，用鼓語回應：「不
必擔心，我自有辦法*脫身*。」

沒多久，死神號已駛近小島。我在兩名大漢的監視下
登岸，同時我發現船首的「*死神號*」三字，已被一塊
寫着「*天使號*」的白牌所遮蓋，遊艇迅速駛離小
島。

我餓得要死，輾轉回到市區，立刻走進一間餐廳大吃一頓。同時，我用手機上網訂 **機票✈** ，決定飛到新加坡救石菊。

我正開始狼吞虎咽之際，一個穿著普通的老太婆突然來到我的卡位前，手中拿着賬單和一張二十元鈔票，並對我說：「年輕人，對不起，我帶不夠錢結賬，可不可以——」

我明白她的意思，便拿出銀包，給她所需的金額。可是，她卻趁我注意力落在銀包上的時候，用 **極快** 的手法往我的食物裏下了幾滴 **液體**，動作乾脆利落，絕不像一位老人家。

飢腸轆轆的我心裏不禁暗罵了一句，想當場逮住她，可是細心一想，她必定是受人指使的，何不 *跟蹤* 追查，抽出主謀？

於是，我不但資助她結了賬，還假裝什麼都看不到，拿起餐具繼續進餐。當然我只是裝模作樣地切切弄弄，並沒有真的把食物放進嘴裏。待老太婆離開餐室後，我便用一個袋子把全部食物打包，確保不會被人誤吃，然後**匆匆**結了賬便追出去。

從她 *飛***快**的步姿便可看出她並非老人，我將底面兩穿的大衣翻了過來，換成另一顏色，又戴上帽子和眼鏡，並貼上了假鬍子，確保對方認不出我，然後**尾 隨**着她。

只見她穿過一條小巷再走出來時，身上的偽裝已經卸去，回復本來的面目，**那老太婆竟是一個男人！**

我跟着他走過兩條街，他終於走進了一家咖啡室，我也連忙跟進去，隨意找了一個卡位坐下來。

他拿出手機打電話，我也迅速拿出手機，插了耳筒，假裝在 **聽**♪音樂。其實，我的「手機」是一部遠程偷聽器，只要對準方向，便可以偷聽到那人的聲音，甚至電話裏頭的對話。

我從他按電話的動作，大致猜到他所按的號碼。電話接通後，他說：「老闆嗎？」

「**是！**」對方竟是一把女人的聲音。

「已經解決了！」他報告。

但那女人 **冷笑** 了一聲，「怕是還沒有吧！我接到的報告是他走脫了，我們已經……」

說到最關鍵的內容時，突然響起一陣 **震耳欲聾** 的刺耳音樂，我的耳膜幾乎被震穿，急忙把耳筒摘下來。抬頭一看，原來是一個陌生男人在經過我身邊時，用手機播放 **搖滾音樂**。

他看到我狼狽地摘下耳筒，對我冷笑了一下，我便知道他是故意的。只見他走向那個打電話的男人，說了幾句，兩人朝我望了一眼，便匆匆離開了餐室。很明顯，他們是一伙的，都是被派來 *跟蹤* 我的，而我的偽裝已被他們認出。

我沒有即時追出去，因為我已經知道他們老闆的

電話號碼。我立刻打電話給一位私家偵探朋友，讓他幫

我查出電話號碼主人的身分和住址。而我有點餓了，便趁着

這個空檔點了一些吃食，吃過後，那位偵探朋友也查出結果

了，告訴我號碼的主人叫**黎明玟**，還有她的住址。

我走出咖啡室，截了一輛的士，向那地址進發。

可是，車子走了沒多久，我便

察覺到 **不對勁**，質問司機：「你

走錯路了嗎？這條路好像不對啊。」

司機笑了笑，「沒走錯，快到

了。」

我頓時起了**疑心**，想起剛才那

兩個男人為何匆匆離開咖啡室而不再

監視我？我又想起他們老闆在電話裏說到「我們已經──」

這句，是不是她已經安排了什麼來對付我？我忽然一閃，那兩個男人其實是要引我走出咖啡室，而這輛的士早就在外面等着我了！

可是，當我識破這個圈套時，車子已駛進了一個無人的廢車場，司機拔出**手槍**，轉過身來，顯然是準備解決我**！**

但我也不是省油的燈，當他轉過身來的時候，後座已經沒有人了。因為當車子停下來的那一刻，我已迅速打開車門逃了出去，翻過車頂，氽到他的旁邊。

「**我在這！**」我敲了敲玻璃窗。

他來不及反應，我已拉開車門，把他**扔出車外**。他舉槍指向我，我迅速地一腳把他的手槍踢飛到老遠。

「既然你不懂得路，車子由我來開。」説着，我走向駕駛座，他卻趁機從後**偷襲**我。

我頭也不回，一記後腳蹬向他的腳脛處，使他痛得不能走路，然後我便上了車，準備開車離去。

但他依然深深**不忿**，爬着去撿那柄掉在地上的手槍。

我立刻開動車子，直向他飛馳過去，嚇得他**面如土色**。眼看車子將要在他身上輾過的時候，我才**急速轉彎**，在他身旁不到二十公分處擦身而過，疾馳遠去！

我相信這一下已把他嚇破了膽，沒半個小時也不能平復下來。

如今我也不必偽裝了，把帽子、眼鏡、鬍子全摘掉，依着地址去找那個叫**黎明玟**的人算賬。

第五章

　　到了那住址附近，我將車子停在十公呎外，那裏有一條小路，可以通到那棟洋房的圍牆。我下了車，翻過圍牆進去。

我馬上聽到一陣「汪汪」的狼狗叫聲，我不敢怠慢，以極快的身法閃進了客廳，並將大狼狗關在室外。

客廳豪華乾淨，一個穿白制服的僕人聽到狗吠聲走出來，一看到我，大吃一驚。

「你們主人在嗎？」我問。

只見那僕人的動作似想拔槍，我連忙疾衝向他，一手抓住他的手腕，另一手搶去他腰際的佩槍，然後抬起膝蓋將他撞出了幾步。

「叫你的主人來！」我厲聲呼喝。

「稍等。」他狼狽地退去。

我特意選了一張靠牆角的沙發坐下來，並將手槍放在膝上，忽然間，一把甜蜜的女聲竟在我的耳邊響起：

「到富士山滑雪好不好？」

我大吃一驚，連忙轉過頭去，只見沙發旁邊放着一盆萬年青，聲音就是從花盆中傳出來的，那是個傳聲裝置。

而那句沒頭沒腦的問話，一定是他們的**暗號**，我當然不懂回答。

沒多久，那女子便「**格格**」地笑了起來，「你一定是衛先生了，不要靠得太用力，沙發裏會有子彈射出來的。」

這種機關確實不足為奇，但我保持鎮定，仰起頭來，哈哈笑道：「黎小姐，你出來吧，我有事請教。」

未幾，樓梯上便傳來一陣**腳步聲**，一個幾乎和我差不多高的女人走了下來，相信就是黎明玫了。

她的年紀很難估計，既有**年輕活力**，也有**成熟韻味**，臉上一點化妝也沒有，膚色白皙，體態優雅。

而且，容貌神態竟與石菊有點相像，猶如姐妹般。

她大方地坐下來，説：「衞先生，你真是罕見的人才，死神也是這樣説的。他吩咐我，不惜任何代價，**要將你置於死地！**」

我保持鎮靜，回應道：「你不妨代我回答他，我也想花一點代價，請他到 **地獄** 去旅行。」

她笑了一下，「每個人都可以有自己的願望，不過死神的願望應該比較快實現。」

我忽然感覺到氣氛不對勁，本能驅使我立即出手，抓住了她的手臂，在**電光火石**間，另一隻手已拿着槍對準了她的頭部。

幾乎同一時間，我聽到了輕微的「啪」一聲，緊接着，一副水晶吊燈便「乒乓」碎裂，掉了下來。

我深信，要不是我當機立斷，及時挾持住黎明玫的話，那一槍必定已打在我的身上，而不會打歪。

「衛先生，你這樣未免有失君子風度了。」黎明玫保持微笑。

「難道暗箭傷人才是君子？」我諷刺道。

她又微笑了一下，叫道：「你不必再用槍對着他了，他下了一着高棋，我們暫時屈居下風！」

一個人影從暗角處走出來，我定睛一看，不禁詫異萬

分，**因為他正是黃俊！**

他的手中握着一柄裝上了滅聲器的手槍，我腦海裏滿

是 **疑問**，他怎麼

會成了死神的同黨呢**？**

黃俊來到我面前，

開口道：「衛先生，我有一

件事情要和你商量，我們可否

單獨談談？」

難得挾持住黎明玫這道護

身符，輕易放開的話，豈不等於送

死？我斷然拒絕：「**不。**」

但黃俊繼續勸説：「衛先生，我們單

獨談談，這對你有莫大好處。」

我冷笑一聲，「好處？就像剛才險些射中我的那一槍？」

黃俊**面有難色**，着急地叫了一句：「衛先生——」

我看出他好像有難言之隱，而且眼神流露出極其誠懇的哀求，但我依然存有**戒心**，「對不起，我不想給黎小姐有脫身的機會。」

黎明玫聞言，忍不住笑了一聲，「衛先生，你不要太自信！」

她突然右手一揚，一指戳向我腹部的「分水穴」，出

手之**快**，簡直難以想像！我的腹部一陣**發麻**，不由自主地彎下身去，而我剛一彎下身，後頸又中了她一記**重擊**，使我雙臂發麻，不但將她鬆了開來，連手中的槍也落在地上**！**

手槍才一落地，胸口又「**砰**」地中了一掌。這一掌力道之**大**，完全出乎我意料之外，我眼前發黑，身子**向後跌**了出去。

63

等到我能爬起來的時候，她已經休閒地坐在沙發上。

感到驚訝的不止我一個，連黃俊也驚嘆道：「師叔，你剛才這三式，可就是師門絕技『**狂虎三搏兔**』？」

她微微點頭，黃俊臉上流露出驚嘆佩服的神色。

我一聽到黃俊稱呼她為師叔，不由得心頭一**震震**，難道眼前這個人，就是十多年前名震一時，武林中人無不津津樂道，在北太極門長輩之中最年輕有為的那位傳奇女俠**？**

當年我初習武術時，對她的事迹非常景仰，以她為榜樣，視她作偶像，可惜一直未有機會見過她。當時她以「**黎明**」這個名字行走江湖，大家都稱呼她為「**黎明女俠**」，如今看來，黎明玫才是她的真名。

我像個小狂迷看見偶像一樣，驚喜萬分，結結巴巴地叫了出來：「**天啊！你⋯⋯你就是⋯⋯黎明女俠？**」

只見她淡然地笑了笑，「很久沒有人這樣稱呼我了。」

我滿是崇拜地看着她，情形有點像石菊知道我是衛斯理的時候那樣，我終於明白石菊當時的心情了。

「你知道我有多**崇拜**你嗎？我從少年時代開始就視你為偶像了。當年你在上海懲戒了黑社會七十二黨的黨魁，從數百人的包圍之中從容脫身……」

對於我突然滔滔不絕的讚譽，黎明玫感到有點尷尬，她**打斷**了我的話：「衛先生，你剛才向我出其不意的那一抓，是揚州瘋丐金二的嫡傳功夫，當今世上，也無出其右了。」

聽到偶像對我的稱讚，我**臉紅**了起來，「謝謝。」

「我師侄有幾句話要和你說，你和他單獨談談吧。」敵人忽然變成狂迷，她顯得有點**不知所措**，便借機上樓迴避。

黃俊帶我走出花園，壓低聲音說：「**那地圖在什麼地方？你快交給我吧。**」

「你怎麼知道地圖在我手上？」

「師叔為 **死神** 辦事，自然知道死神正帶着石菊去新加坡拿地圖。但你我都知道，地圖根本不在新加坡，而我深信師妹不會冒險把地圖留在身上與死神同行。所以，中途登岸的你，最有可能帶着地圖離開了 **死神號**。」

「你推斷得不錯。」我點了點頭，「但既然你已經將地圖給了石菊，為什麼又要取回？」

「現在形勢不同了，我要拿地圖去贖回一個人。」

我心想，他要贖回的人，自然就是石菊，但我依然滿腦子 **疑問**。

「黃先生，你可知道那地圖關係着三十億美元？」我問。

「當然知道！」

「那麼，北太極門與那地圖有着什麼關係？為什麼會牽涉其中？」我追問。

「不要問了。」他又**壓低**了聲音，「內情複雜，不是三言兩語可以講完的。」

「到底是什麼東西，竟然值三十億美元？至少這個可以告訴我吧？」

他沉默了片刻，然後緩緩吐出了三個字：「**隆美爾**。」

就這三個字便解釋清楚了，**那是沙漠之狐 隆美爾的$寶藏$！**

第二次世界大戰期間，他掠奪非洲的戰利品，包括金條、金磚、珠寶、鑽石和貴重金屬等，按現時的估值計算，達到三十億美元之鉅！據説這批寶藏已 **沉於大海**。

「死神和師叔還未知道地圖原來在你身上，你快把地圖交給我，讓我來處理吧。」黃俊*催促*道。

「對不起，如果你真想石菊活命的話，就不能將地圖交給死神，因為只要他一日未得到地圖，一日也不

會讓你師妹死的。」

「衛先生──」

黃俊仍想説服我，但我二話不説，突然推開了他，趁他跟蹌倒地的時候，奔至圍牆邊，一躍翻出圍牆外。

我正想逃去之際，一個極快的身影從屋內翻牆躍出，擋在我的面前。

身法之快，武藝之高，當然就是黎明玟了，「衛先生，怎麼不道別就走啊？」

沒想到我會和我的偶像在僻靜的街道上對峙着，**決戰一觸即發！**

第六章

喬裝高手

我即將與黎明玫 **決一死戰**，心裏既驚又喜，完全沒有取勝的把握，不過，斃於偶像手上，也算是死而無憾了。

但這時背後傳來一陣摩托聲，我回頭一看，馬上認出電單車上的正是我在警界中的朋友——格里遜警官。我揚了揚手，喊他的名字。

格里遜停下了車，**驚訝**地看着我，「你怎麼會在這裏？」

我開門見山地說：「帶我到市區去。」

「好啊！可是這位小姐……」他向黎明玫望了一眼，黎明玫立即 微笑 道：「不要緊，我和衛斯理是朋友，

很快就會再見。」

　　我也笑着回應：「不錯，我們很快會再見。」

　　黎明玫武功再**高**，也不敢輕易襲警惹麻煩，只好眼巴巴看着我跨上了電單車的後座，**絕塵**而去。

我回到了自己的寓所，才一進門，便發現衣物**凌亂不堪**，顯然是被人搜索過。我沒時間去整理被翻亂的物件，連忙取出石菊交給我的那兩個尼龍袋來。

其中一個已被死神檢查過裏面的照片，沒有**異樣**，而我關心的是黃俊給石菊的那個。我匆匆拆開它，發現內裏也是一包方方整整、以 白紙 包裹着的東西，難怪死神沒有檢查下去，因為一看就知這只是白紙包着一疊照片。

但我把白紙拆開後，才發現白紙之內還有一層布，布下面才是照片。那些照片全是黃俊與石菊的合照，姿態極像**情侶**，我看得有點糊塗了。

至於那幅布，像一件襯衫的下擺，在倉卒之間被**撕**了下來。而在布上，則畫着一幅簡陋的地圖。

Bastia

Der Himmel ist da

我絕未料到，**隆美爾寶藏的地圖竟是如此簡陋！**

一眼看去，便可看出那幅地圖上所畫的，就是意大利附近的法屬科西嘉島。

地圖上的文字不多，只有**巴斯契亞（Bastia）**這個地名，而在巴斯契亞和另一個小島之間，有着一個**黑點**。黑點旁邊寫着一個德文字，是「**天堂在此**」的意思，顯然所指的就是寶藏。可是地圖畫得太粗略了，位置不太明確。

我把地圖翻過來，發現那幅布的後面，以極其**潦草**的筆迹，抄寫着大段德文，但字迹已很**模糊**。我看看時鐘，上飛機的時間快到了，我沒空細看那些文字，連忙將這幅布重新疊好，放回尼龍袋裏。

　　我匆匆換好衣服,將那個尼龍袋藏在我長褲內一個特製的夾層之中。幸好及時趕到機場,登上了飛往新加坡的**客機**。

　　飛機上,我舒適地伸直了腿,以為終於可以睡一會覺的時候,坐在我旁邊,一臉絡腮鬍子的巴基斯坦人,居然以性感的女子聲音和最標準的中國語低聲叫道:「**衛先生,我們又見面了。**」

我當場被「他」**嚇**了一大**跳**！

那是黎明玫的聲音。她不但化裝成一個男人，而且還是一個膚色**黝黑**、滿臉鬍鬚的巴基斯坦人！這令同樣精於化裝術的我，也不得不大表佩服。

「女俠，我對你的景仰又增添幾分了。」我極力回復冷靜，笑說：「但如果我將你這臉鬍子**撕**下來，機上的乘客大概就有好戲看了。」

黎明玖低聲笑了起來，「你不會的，衛先生，但你沒有化裝，倒出乎我的意料之外。」

「我堂堂正正到新加坡去，為什麼要化裝？」我反諷道：「北太極門一向行俠仗義，名聲極好，如今卻出了一個與大罪犯為伍的人，這才叫人出乎意料呢。」

「**呸！**比起那個偽充行俠、沽名釣譽的畜牲，我認為**死神**算是個聖人了。」

我十分錯愕，問：「**你是指你們的掌門人？**」

她沒有回答。儘管她臉上有着精奇的化裝，卻掩不住她**激動**的神色，就好像那位北太極門掌門人曾給她受了很大委屈一般。

我識趣地轉了個話題：「你跟我去新加坡，是要殺我滅口嗎？」

「對。但機上人多，我不會在這裏動手的。」她笑道，接着反問：「那麼你到新加坡去，又是為了什麼？」

反正被她盯上已逃不掉了，我直截了當地告訴她：「**是為了救人。**」

我從口袋中摸出了石菊的相片，黎明玫一看，突然 **大失常態** 地把相片搶過去。

她的手在微微**發抖**，眼睛停留在相片上，神色難以形容，許久才回復鎮定，抬頭問：「石菊就是她**？**」

「就是她。」

黎明玫竭力裝着鎮定，「那你放心，死神的脾氣我知道，只要她肯交出地圖，死神是不會**殺**她的。」

「可是，她已經將那份地圖交給了另一個人。」我說。

黎明玫身子一**震**，手中的咖啡也灑了出來，**緊張**地問：「交給你了？」

「是！」

從她看到石菊照片那一刻的反應，我便猜測她和石菊之間一定有着非比尋常的關係，所以我坦白地告訴她石菊的**危險**處境，説不定她會站到我這一邊來。

黎明玫靠在椅背上，閉上了眼睛，直到**飛機降落**，她才突然握住了我的手説：「衛先生，我有一件事要你幫忙。」

我點頭答應，她便問了我的酒店地址，然後約好一點鐘來酒店找我。

那家旅館是我一個叔父輩開設的，在新加坡有着**悠久歷史**，幾經改建，已成了擁有一流設備的酒店。

我在酒店匆匆洗了一個澡，睡了一會。直到一點鐘，黎明玫準時來到，一坐在沙發上，就開門見山説：「衛先生，我求你將那份地圖交出來。」

「**不能。**」我回答得也直截了當，「我們可以用別的辦法救出她。」

黎明玫突然**悲從**中**來**，流下了**眼淚**。這樣一個武功蓋世、聰明絕頂的女英雄，竟然就這樣哭了起來。

她並沒有哭多久，便抬起頭説：「衛先生，請相信我，不論你怎樣救她出險境，也絕不及我想救她的心情來得迫切，因為……因為我……**我是她的母親!**」

我大感驚訝，雖然早已料到她們之間有着不尋常的關係，但我只猜想她們可能是姐妹，卻未曾料到竟是母女**!**

她看出我的 ?疑惑?,幽幽地嘆了一口氣,解釋道:「除了我,世上只有一個人知道我有女兒,就連石菊也不知道她有我這樣一個母親。我是在十七歲那年生下她的,今年她也應該十七歲了!」

我也嘆了一口氣,說:「我很明白你的心情,可是,即使死神拿到了地圖,也不會放過石菊的。」

「為什麼?」她 **緊張** 地問。

「因為石菊要挾死神把四分之一的寶藏分給她。在付出幾億美元和殺人滅口之間,你覺得死神會怎樣選擇?」

黎明玫又滴下兩顆老大的 **眼淚**,我安慰她說:「憑我們兩人的能力,一定可以將她救出來的。」

　　黎明玫極力收拾情緒，並立刻策劃部署：「**死神號**下午六時會到達新加坡。我四點半在酒店門口等你，那時我將是一個**苦力**，你也最好化裝一下。」

　　我點了點頭，「沒問題，我可以化裝成一個**小商人**，僱用你去挑貨物。」

　　黎明玫表示同意，便站起身離開了。

　　準時四點半，我已化裝成一個當地常見的小商人，來到酒店門口。我抬頭一看，不禁喝了一聲彩，因為黎明玫的化裝和神情實在像極了一名苦力，若不是預早約好，我也認不出她**！**

我在她的身旁走過，她粗聲道：「先生，該走了。」

我向她一笑，她卻低聲說：「別露出馬腳來！」

第七章

碼頭大戰

　　到了碼頭，麻煩就來了。一群正在玩紙牌的苦力忽然停了手，向我們望來，其中兩個大漢還走過來，地問：「你們來幹什麼的？」

我苦笑道：「兄弟，我有兩箱貨，等駁船來了運回去。」

那兩人變得更**凶惡**，大聲喝道：「你為什麼要帶人來，壞我們的規矩？」

我笑嘻嘻地説：「兄弟，不必**緊張**，只是一次，下次我們也不會再來了！」

只見那兩人突然奔了回去，和那八九個苦力交談了幾句，然後他們各自拿着竹槓子，向我們湧過來**！**

黎明玫低聲道：「還有三十分鐘 **死神號** 就到了，我們要在三十分鐘之內將他們制服，否則就誤事了！」

但這時候，一個滿身酒氣的男人忽然從木箱堆中**跌跌撞撞**地走了出來，撞到我的身上，我一手將他推開，他便耍着醉拳般，又**跌跌撞撞**地走了開去。

受到那醉漢的耽擱，我們轉眼已被那十一個苦力團團圍住。我和黎明玫當然沒有將這十一個人放在心上，黎明玫低聲道：**「將他們點了穴道，放在貨物箱的夾縫中！」**

我剛好也想到了這個辦法，只聽得那群人高聲喝道：**「打！」**

十一根竹槓便向我們兩人揮了過來。我和黎明玫當然能輕易避過，正準備使出絕學速戰速決之際，忽然聽到海面上傳來陣陣的馬達聲，抬頭一看，原來死神號正**乘風破浪**而至，按照這個速度，**五分鐘之內便可靠岸了！**

我和黎明玫大吃一驚，怕使出武功會被死神識破身

分，我立刻隨機應變道：「我們裝作是普通的打鬥，要符合我們此刻的身分。」

黎明玫點了點頭，立即笨拙地揮舞着竹榾。而我身為小商人，更不懂動手動腳，只能雙手抱着頭，在人堆中**亂竄亂逃**，十分可憐。

死神號的甲板上已站着四個人，他們正跨上碼頭，向岸上走來。第一個登岸的，正是**死神**！

他手中提着那柄特製的手杖槍，仍然是西裝筆挺，神情優雅，在他身後的就是石菊！

石菊的神情十分**憔悴**，後面跟着兩名大漢，那兩名大漢都右手插袋，袋中有隆起的管狀物。

他們一行四人向前走來，我看準時機，接連**幾個打滾**，迅速滾向監視石菊的那兩個大漢，同時，我已握住了腰帶的活扣。

我的腰帶全是用白金絲 *纏* 成的，又軟又重，是我的防身兵刃，我「*刷*」的一聲揮出了白金腰帶，向那兩個大漢的足部纏去。他們兩人沉重的身軀「*砰砰*」兩聲倒地，同時，他們褲袋中的手槍也「*砰砰*」兩聲響了起來。

　　由於他們是**仰天跌倒**的，兩顆子彈向天射出，並未傷到人。槍聲一響，那群苦力也嚇得雞飛狗走了！

　　黎明玖此時也乘機把竹槁橫揮，向死神**疾撲**過去！

　　石菊見機不可失，趁兩個大漢尚未站起來，連忙用腳重重地擊中兩人胸前的「神堂穴」，使他們不能動彈。

　　我正想奪去他們袋中的手槍時，卻聽到「**砰**」的一響槍聲，連忙回頭看，只見向死神撲過去的黎明玖被手杖槍射中了，左胸**流血**。

　　死神雖然只有一條腿，動作卻十分靈活，而且對自己的槍法充滿信心，不必看那槍是否擊中，便已轉過身來，把槍口對準了我**！**

　　我情急智生，抓起了一個大漢，向他疾撲過去，接着一聲槍響，子彈射進了那個大漢的身體，我向石菊叫道：

「快逃！」

　　石菊連忙奔逃，死神立即拄着手杖追去。

我來到黎明玫的身旁，她緊張地揮了揮手，「**你……**

去看石菊……」

我沒能力去兼顧石菊，扶起她説：「我相信她可以逃

得掉的，你的傷勢怎麼樣？」

她閉上了眼睛，微微地喘着氣。此時，警車的「嗚

嗚」聲 **自 遠而 近** 地傳了過來。

死神的手下們立刻用通訊器向死神報告，死神似乎叫

他們趕快回到船上撤離。

警車 **越來越 近**，我連忙拿起一個空木箱，遮蓋着我

們。

在木箱內，光線很 **暗**，我從褲袋中摸出一小瓶藥來，向她的傷口處倒去，我知道這樣會令她痛不欲生，但她竟然能不吭一聲地忍住了，不愧是我心目中的 *女俠*。

從木板縫中望出去，兩輛警車駛至，警察們 **如臨大敵**地搜索着，幸好並未發現我們。

警車一時半刻恐怕也不會離開，我擔心黎明玫撐不住，建議不如向警方自首，立刻送她去 **醫院**。

但她搖頭道：「不，不要驚動警方。」

我別無他法，只好將黎明玫抱起，以背脊頂着木箱，離地吋許，不動聲色地向後移動，趁警察們在另一邊專注

地搜索時，悄悄掀起木箱，抱着黎明玫**迅速逃去**。

我扶着黎明玫來到路邊，恰好一輛的士駛過，司機停下車來問：「**要車？**」

我求之不得，立即打開車門，可是又突然覺得這個情境十分熟悉。黎明玫忽然**虛弱**地抓住了我的手，制止我上車，我立刻恍然人悟。

上次我從咖啡室出來時，不是也剛好有的士駛至，我中計上了車，還差點沒命嗎？黎明玫當然深明此招，因為她曾是策劃者。

我立即想縮回手來，但是已經太遲了，車尾的行李箱跳出兩個人來，其中一個是曾經為我**療傷**的蔡博士，而另一個顯然是打手，手中拿着槍。

蔡博士笑嘻嘻地説：「**進去吧，首領已經認出你們了。**」

在槍口的威脅下，我無可奈何，只能扶着黎明玫，跨進了車廂。

的士全速飛馳。蔡博士為黎明玫檢查傷勢，我緊張地頻頻追問：「**怎麼樣？怎麼樣？**」

「不要緊的，我們有最先進的醫療設備。」

我聽到黎明玫沒有生命危險，便放下心來。

沒多久，車子在一所廟宇門前停下。廟中走出來幾個人，都拿着槍，他們押着我們穿過了廟殿，來到廟後幾間舊平房的門前，在正中那一間的門口，**死神**已站着來迎接我們．「**歡迎！**」

我着急地説：「黎小姐受了重傷，這裏能醫治她嗎？」

死神微微一笑，領我們進去。沒想到那幾間平房外表**殘破**，裏面卻 **豪華** 得能跟世界第一流的酒店相比！

一進入房間，死神便吩咐道：「蔡博士，你先去**醫治✚**黎小姐。其他人都出去，我要和衛先生單獨談談。」

所有人退去後，我立即問：「石菊呢**？**」

死神一笑，「她在隔壁。」

我十分失望，石菊沒能成功逃掉，表示我們的行動**徹底失敗**，而且還害得黎明玫受了重傷。

但死神顯得比我更 **失望**，他突然嘆了一口氣，「真沒想到，明玫她竟然……背叛我！唉！」

我一看他的神情，便能看出他對黎明玫有很深的，這令我非常訝異。

「她們畢竟是 血脈相連啊。」我說。

驚詫地問：「你說什麼？她們⋯⋯是姐妹？」

顯然他也察覺到黎明玫和石菊長得很相像，我乾脆地告訴他：「是母女！」

死神極力壓抑着的情緒，追問：「父親是誰？」

我搖搖頭，「我不知道。」

他頹然地坐下，許久才能平復過來，説：「衛先生，我們言歸正傳。如果地圖真的在銀行的保險箱中，黎明玫應該知道我不會傷害石菊的。如今你們拚了命也要救石菊，那就表示石菊説謊，而那份地圖已被衛先生你帶走了。只要你肯交出來的話，我可保證你們三人的安全。」

Bastia

Der Himmel ist da

這是一個極**大**的誘惑，三個人恢復自由，而只用一幅地圖去交換，雖然那幅地圖關係着三十億美元的寶藏，但和三個人的生命相比，**當然是生命更重要！**

「你的條件我可以考慮，但你也知道，我不是地圖的主人。」我説。

死神失去耐性了，他站起來，拍了一下掌，兩邊各一幅的天鵝絨帷簾便自動**拉開**。一邊直挺挺地站着四個西洋拳好手，而另一邊也站着四個人，其中三人我是認識的，他們是唐氏三兄弟，而餘下那個**怪裏怪氣**的漢子，雖然認不出他是誰，但一看神態，便知他是練內家氣功的高手。

一見到這八個人，我便打消了**抵抗**的念頭，竭力裝作鎮定地説：「不錯，地圖是在我這裏，但你覺得我會帶在身上嗎**？**」

第八章

江湖恩怨
能人輩出

　　死神冷冷一笑，向那八個人一揮手，他們便向我逼近。

　　我厲聲喝道：「**唐老大，你們想與我為敵嗎？**」

　　唐氏三兄弟立刻站住，我則趁機撲向那四名西洋拳好手。

　　那四人拳風呼呼地向我揮拳，我迅速**俯身**，抓住了兩人的腳踝，直提了起來，然後一個轉身，正想將兩人扔向死神之際，突然感到左腰有一陣勁風襲來**！**

　　我連忙左手**一沉**，想以被我提住的那個大漢去擋，但突然之間，那股勁風竟移到了我的右腰！對方變招如此**三快**

速，大大出乎我的意料，我正想閃避時，胸前「**砰砰**」中了兩拳，而右腰上一麻，「帶脈穴」已被點中！

我身子一軟，**蹲了下去**，這個時候我終於看清，偷襲我的，正是那個怪裏怪氣的漢子！

他伸手向我的肩頭抓來，我也迅即出手反擊，向他的脈門抓去。此人武功之高，大出我意料之外。他的手一縮，竟反向我脈門抓了過來**！**我整個人不由自主地被他提起，而那四個大漢亦趁機立刻向我的腹部、背部連環出拳。

我寡不敵眾，被圍毆得幾乎昏倒之際，死神及時喝止：「**住手！**」他們才退了開去。

死神**冷冷**地說：「衛先生，那幅地圖，現在你願意交出來了吧？」

我喘着氣問：「只要將地圖交出，我們三個人就可以自由？」

「可以。」死神面上掠過一絲 **痛苦** 的神情，顯然是捨不得黎明玫離開他。

雖然我不太相信死神的承諾，但在如此形勢下，我實在沒有反抗的本錢，只能順從，「好，我可以將地圖交給你，但我要先確認她們兩人得到自由。」

死神拍了兩下掌，召來幾名手下，然後笑着問我：「衛先生想怎麼確認**?**」

我想了一想，説：「將石菊送到XY酒店，交給陳經理。」那酒店就是我住的那家，陳經理是我的好友。

死神點點頭。

我接着説：「把黎明玫送到市內最好的 **╋ 醫院** 去，到達後拍短片給我確認。」

死神也點點頭，向手下吩咐：「**照辦！**」

那幾名手下應了一聲，便退了下去。

過了大半個小時，我收到店陳經理的 **短訊** 🎤，確認他已安全接收了石菊。沒多久，我也收到了死神手下發來的短片，片段中，黎明玫在一家當地著名醫院的大堂裏，坐着 **♿輪椅**，護士正在了解她的情況。

確認她們兩人都安全和自由後，我放下心來，向那**陰陽**怪氣的漢子望了一眼，好奇地問：「敢問閣下高姓大名？」

對方*懶洋洋*地回答：「在下姓邵，名清泉。」

我一聽「邵清泉」三字，不由得吃了一驚，「原來是七十二路鷹爪法的唯一傳人！」

此時，死神開口道：「閒話少說了，把地圖交出來吧！」

我伸手入長褲的密袋，將尼龍袋取了出來，交給他。他接過來，拆開一看，立時**面色大變**！

我望向他手上的尼龍袋，裏面本來是以白紙包着地圖的，但此刻卻換了一張紅紙包着一層沙。死神打開紅紙一看，突然哈哈大笑起來。

死神將紅紙翻過來，展示給我看，原來紅紙上寫着三行

字：「**放得巧妙，難避我目。信手取來，且**
買三日醉。勿怪！勿怪！」下面並沒有署名，卻畫

着一個七隻手的人，我呆了半晌，忽然想起在碼頭時，曾被

一個醉漢撞了一下。

「那個醉漢是 **神偷錢七手**！」我頓足大叫。

死神笑聲不絕，吩咐唐氏三傑：「快去找錢七手，問

他要多少 $ **錢** $ ！」

我頹然倒在沙發上，我不但敗在死神手中，而藏得那麼妥貼，自以為萬無一失的地圖，也被人以空空妙手偷去，而竟**茫然不知**！

雖然**節外生枝**，但死神也不想花工夫為難我，他說：「衛先生，你可以走了。錢七手不知道他所扒的東西價值如此**高**，我可以弄到手的。」

但死神萬萬想不到，我離開了屋子，走出那廟宇的正門後，竟爬上廟旁一棵極高大的金鳳樹上。

我靜靜地等着，準備等唐氏三兄弟帶着神偷錢七手回來之際，便攔途截劫。

我在**樹上**足足等了兩個半小時，幸好這廟宇周圍極為**冷清**，我才沒被人發覺。在我肚子餓得咕嚕亂叫之際，唐氏三兄弟終於出現了，而且還扶着**醉醺醺**的錢七手回來！

唐老三走在前頭，唐老大和唐老二則扶

着錢七手跟在後面。我先等唐老三走過，然

後，當唐老大和唐老二正好走到我棲身的

那棵金鳳樹下之際，我立刻折了一根樹枝

躍 下去。

等到他們察覺頭頂有人突襲時，我的雙膝已**重重**地撞在唐老大的背上，令他當場昏了過去。唐老二連忙鬆開了錢七手，向我攻來。我左腳着地，右腳疾飛而起，使出半式「鴛鴦鐵腿」，踢中唐老二的下顎，接着揚起手中**樹枝**，點向他腰際的軟穴。

唐老三看到這情形，竟不向我迎來，而是立即朝廟中跑去。如果讓他逃回廟中報信的話，我的計劃便完了**!**

我連忙足尖一點，追了上去，唐老三回頭拍出了一掌。本來他這一掌是無論如何也擊不中我的，但我卻送上去給他打。

唐老三一掌擊中了我，他也大感意外，呆了一呆。我挨這一掌，就是要趁他這一呆之際，反手扣住他的脈門，在他的腦後輕輕拍了一掌，使他立時**昏了**過去。

唐氏三傑一時半刻也難以爬回去向死神報告了，我趁機挾起錢七手便走！

回到酒店房間，石菊正在房內，一見我就罵：「**懦夫！枉我還這麼崇拜你！**」

她自然是怪我把地圖交給了死神。

「當時我別無選擇。」我解釋道。

石菊向錢七手看了一眼，問：「他是誰？」

我將錢七手扶進浴室去，「那幅地圖在何處，**只有他知道！**」

石菊很**詫異**，「地圖沒有給死神嗎？」

我將錢七手放在浴缸中，扭開了花灑，用冷水當頭淋在他的身上，錢七手左右**閃避**。不一會，他便大叫着站起來，「你幹什麼？」

「錢七手，你認得我嗎？」我問。

錢七手定睛向我望了一會，突然伸手在我肩上拍了一拍，「**認得！認得！**」

我連忙退了一步，伸手握住了他的手腕，他嘻嘻笑着，攤開手來，我的皮包已在他的掌心**！**

這一下猶如魔術般的盜竊手法令石菊大為驚訝，我回頭道：「石菊，你明白了？**那地圖被他偷去了。**」

我取回皮包，對錢七手說：「七叔，我從小就久仰你的大名了，我師父揚州瘋丐和你也有些淵源的。」

錢七手**尷尬**地笑了笑，「那真是對不起。」

「閒話少說，我那個尼龍袋呢？」我問。

「那東西我脫手了！」

「什麼？」我不禁大吃一驚，「賣給了誰？」

錢七手從口袋中摸出了幾張一百元面額的美元來，「賣了給一個傻瓜，那幅 **破布** 他居然出七百美元向我買。這七百元我給你好了，就當一筆勾銷吧！」

我大聲叫嚷：「破布？你才是傻瓜！**那破布關係着三十億美元！**」

錢七手驚呆住了，嘴唇 **顫抖** 着，一句話也講不出來。

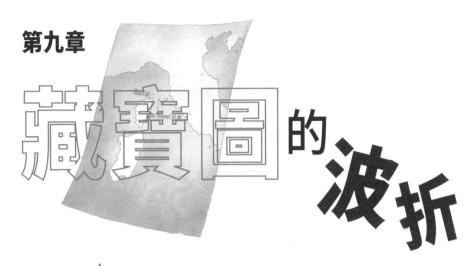

第九章
藏寶圖的波折

　　我 **激動** 地抓住錢七手的雙肩，用力地搖他，希望能喚醒他的記憶，「七叔，那東西你到底賣了給誰？快說！」

「賣給一個外國人了!」

　　「什麼外國人？」我着急地追問。

　　「我不認識他，只是大家一起在路邊喝酒聊天，喝到 **醉 醺醺**。」錢七手努力地回憶：「他好像説自己的祖父曾打過仗，還埋了一批寶藏。」

「他是**德國人** ▬ ？」我立即問。

「好像是，他的英語比我好不了多少。」錢七手自豪地說。

「他怎麼會買了那東西？」

「當時他聊到自己一直在找一個寶藏，我便拿出那個尼龍袋 **開玩笑** 說：『寶藏我也有。』他打開尼龍袋，看到裏面那幅 **破布** ，便把身上的錢都拿出來，向我買了它。我只當他喝醉了，當然佔他便宜立即成交。」

「那外國人是什麼樣子的？」我和石菊幾乎齊聲問。

錢七手昂起頭來，想了一想，「大約四十上下的年紀，個子不高，眼睛 △ △ 角 ，頸上有一個寶藏 **紋身** 。我就只記得這麼多了。」

「好吧。七叔，我現在盡快幫你化個裝。」我說。

「為什麼？」錢七手 **詭異** 地問。

「唐氏三傑沒告訴你嗎？死神正四處找你要回那**破布**，你交不出來的話，有什麼後果你應該知道吧。」我已拿起化裝工具，一邊幫他化裝，一邊說：「死神很快就會找到這裏來，我幫你化好裝後，你盡快逃走，離開新加坡**！**」

沒多久，我便把錢七手化裝成錢大嬸了，石菊在旁極力忍住笑，錢七手苦着臉說：**「你這是幫我還是懲罰我？」**

「別說那麼多了，趕快逃吧，希望死神他們認不出你。」我推着他離開房間。

「連我自己也認不出呢。」說罷，「錢大嬸」便扭着屁股走了。

石菊收起笑容，「衛大哥，那我們怎麼辦**？**」

「當然是去找那個外國人！他説他的祖父曾打過仗，還埋過寶藏，那可能是真的，説不定他祖父參與埋下的，正是**隆美爾＄寶藏＄**。所以，當他一看到那幅地圖，便**如獲至寶**般。」我分析道。

「可是去哪裏找啊？」石菊**茫無頭緒**。

「我暫時也不知道。但當務之急，我們要先去看看你的母親，與她會合！」

石菊十分**愕然**，「我媽怎麼可能會在新加坡？」

「她是和我一起搭**飛機**來的，在碼頭上救你，被死神槍傷那個就是她！」

石菊搖頭道：「衛大哥，你別和我開玩笑了。我媽還在西康，她是個**植物人**，怎可能來新加坡，還與死神交手呢？」

我呆了一會，立即想起黎明玫曾說過，連石菊也不知道自己有這樣一個母親。

我忍不住問：「石菊，那你父親是誰？」

「你還不知道嗎？我爹就是石軒亭。」

「**石軒亭！**」我幾乎叫了出來，「**就是北太極門的掌門人？**」

石菊點了點頭。

我看看時鐘，估計 **死神** 很快就會找到來了，便趕忙拉着石菊離開，「閒話少說，我現在就帶你去見一個人。」

「見什麼人？」

「到時見了她，你就會明白。」

我和她從酒店後門走了出去，沒多久，便來到那間著名的 **✚ 醫院**。

醫院大堂和我在短片裏所見的一樣，我連忙走到 **詢問處** 查詢黎明玫這個病人。

　　可是護士回答道：「沒有這個人。」

　　我吃了一驚，連忙向她展示那段短片，「就是她，黎明玫，她大概三四個小時前來這裏求醫的！」

那護士笑了笑，「這是**舊**影片吧，片中的護士都已經離職超過一年了，你看看那月曆。」

我仔細重看一遍那短片，發現片中詢問處放着的月曆是兩年前的二月份，再細心觀察畫面，不難發現黎明玫與周圍環境的**燈光色調**有點不同，顯然是電腦**合成**出來的影片！

「**可惡！**」我怒吼了一聲。

黎明玫根本沒離開過死神的**巢穴**，一切都是死神的把戲，叫手下用電腦合成影片來瞞騙我。

我匆匆離開醫院，石菊追上來說：「衛大哥，你剛才提起黎明玫，**這個名字我是知道的！**」

「你知道她的什麼？」我喜出望外地問。

石菊面上露出不屑的神色，「她是一個**叛徒**！」

「誰說的？」

「**北太極門中人，全都知道！**」

我嘆了一口氣，「不管怎樣，我們設法救她出來再說！」

我急忙趕回去死神的巢穴，石菊萬般不情願地跟着我。

我們走上一條僻靜的街道，經過一盞壞掉的街燈時，一個 **身影** 突然從那電燈柱上突襲下來 **！**

幸好我們察覺得早，及時站穩馬步，向偷襲者擊出一掌！

那人 **凌空一個翻身**，向後倒去，我們乘勝追擊，發出第二掌！

那人躲開了我們第一掌，卻躲不過第二掌，「**砰砰**」兩聲被我們兩掌震開了幾步，退至另一盞街燈下。這時，我終於看清他是誰，「原來是邵朋友！」

邵清泉滿面 **怒容**，「以二敵一，算什麼好漢！」

　　我立即反諷他上次的情況：「難道以八敵一才是好漢？」

　　邵清泉氣沖沖地向前跨出兩步，我向石菊一揮手，「你不要插手，我要和他**單打獨鬥**。」

　　邵清泉趁我正在講話之際，已向我腰部抓來。我扭腰避開，當頭一掌回擊下去，同時左腳一勾，襲向他的下盤。

　　但邵清泉一個**欄身**，避了開去，同時反守為攻，五指抓向我。

　　我微**蹲下來**，故意露出肩頭上的破綻。他果然得意地笑了起來，一手抓住我的肩頭。這正中我的下懷，我雙手已重重地擊在他的胸腹之上！

　　他「砰」的一聲倒地，臉色**慘白**。

　　我拍了拍雙手，便和石菊繼續前去，由得邵清泉在地上呻吟。

可是走了沒多遠，我們又遇到唐氏三傑的阻攔，唐老二說：「衛兄，不要去。」

「**讓開，我不想和你們動手！**」我喝道。

唐氏三傑面有慚色，唐老三說：「衛兄，我們也是迫不得已的。」

我**冷笑**了一聲，「不用解釋了，你們喜歡做什麼，與我無關。」

唐老三嘆了一口氣，「唉，都怪我們嗜賭，欠下了死神的錢，**泥足深陷**。」

我對他們當頭棒喝：「只要腳踏實地做事，欠債總有辦法慢慢還清的，毋須**自甘墮落**，幫他做不法的勾當！」

他們三人依然**面有難色**，攔住了我，唐老大說：「聽我們說，不要去找死神了。你們交出地圖就走吧，以後別再插手死神的事了。」

「錢七手已經把地圖賣掉了，**我是來救黎明玫的!**」我坦白地說。

「你相信我們吧，黎小姐不會有事的。」唐老二語重心長。

「我憑什麼相信你們？」我問。

他們猶豫了片刻，唐老三終於衝口而出：「死神剛剛求了婚，黎小姐也答應了。死神又怎會傷害自己的**未婚妻**呢？」

聽到這句話，我頓時感到**晴天霹靂**。

第十章

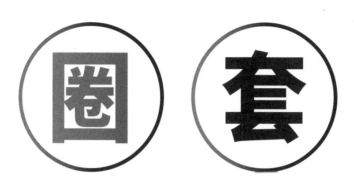

　　我一直奉為偶像的黎明玫，居然會嫁給公認是大壞蛋的**死神**？我不相信這是真的，我要把我心目中神聖的女俠從**地獄**裏救出來**！**

　　我氣沖沖地奔到那破廟前，石菊無奈地追趕着我。

　　我奮力一**躍翻過了**廟牆，快步來到那幾間外表殘破的屋子前，二話不說便狠狠一腳踢向大門！

　　大門被我一腳踢了開來，只見門後兩旁都各埋伏着一個**人影**，我想也不想就伸手一抓，先將右邊那個人

抓住。我瞄到他腰間有一柄槍，便以 **極快** 的手法奪去了他的槍，然後把他推了開去，同時迅速舉槍指向左邊，準備隨時開火。

此時，我聽到後面趕來的石菊突然驚叫：「**不要開槍！**」

我定睛一看，看清楚了屋內的情形，立時整個人呆住，同時亦終於明白，為何唐氏三兄弟會極力勸我不要來找死神了。

屋內的佈置陳設，和我上次來的時候完全一樣。但此刻房間內、牆角上都佈滿了人，他們並非死神和他的同黨，而是 **全副武裝** 的警察 **！**

而我剛才正是襲擊警察，從他身上奪去了 **手槍**，還想向另一個警察開槍！

不用說，我瞬間就被眾警察包圍住，我連忙將手槍 **拋在地上**，回頭向石菊苦笑了一下。

一個警官向他的屬下揮了揮手，我和石菊轉眼就被簇擁着上了警車。

警官以為我們是**死神**的同黨，因為他們接到密告，得知這裏是死神活動的大本營，因此派出大批警察前來調查。來到發現沒有人，便在房子裏**埋伏**着，等待死神及其同黨出現，而我和石菊卻恰好前來自投羅網！

我知道告密的人就是死神自己，這是極聰明的一着，他知道我必定會回來救黎明玫，便設下這個**圈套**，讓我惹上麻煩。

如此一來，我便觸犯了擅闖民居、襲警、搶槍、企圖開槍殺人等罪名。幸好找了一位有名望的律師替我辯護，我總算沒有被當作是死神的同黨來判罪，而其他控罪都是出於**自衛**的本能反應，獲法庭體諒，無罪釋放。

不過，我和石菊亦因此耽擱了一個星期的**時間**，死神這一招實在精妙，令我佩服不已。

我和石菊一齊從法庭走出來之後，回到酒店去。正準備計劃下一步行動的時候，一個頭髮**灰**白，有着**鋼鐵**一樣眼神的外國人忽然來酒店找我，而且非常客氣，一見到我就用力地跟我握手。

他自我介紹，原來他是**國際警察組織**中的極高層人物，我不便透露他的身分，這裏就用納爾遜這個假名來代表他。

納爾遜先生開門見山道：「衛先生，國際警方需要你的**幫助**！」

「怎麼幫？」我問。

「提供你所知的情報。」他説：「例如為什麼遠在**意大利** ▌▌ 的黑手黨會跟死神聯絡上？他們到底想合作做什麼？衛先生，你能告訴我嗎？」

我一聽得死神已和黑手黨取得了**聯繫**，不由得大吃一驚。

黑手黨是意大利最大的犯罪組織，死神和黑手黨聯絡，當然是和寶藏有關！

我正想回答納爾遜時，卻看到石菊站了起來，走向窗口，她的**腳步聲**很奇特，那是康巴人的鼓語，在提醒我：「**絕不能說！**」

我便向納爾遜回答道：「我不知道。」

納爾遜先生的眼睛**閃耀**着精鋼似的堅定眼神，「衛先生，你知道的！」

我重複了一句：「我真的不知道。」

納爾遜先生接着還問了一大堆各方面的**問題**，我都一概回答：「不知道。」

他自然感到沒趣，我們的會面不歡而散。

送客後，石菊向我解釋：「對不起，衛大哥，我爹不准我隨便向人洩露**寶藏**的事，父命難違。」

「我明白的。」我點點頭說：「不要緊，我相信憑着我們兩人的**力量**，也可以解決這件事。」

「我們現在要 **分頭行事** 嗎？你去找黎明玫，我去找那個外國人取回地圖？」石菊問。

我搖了搖頭，「不用了，我深信以死神的勢力，趁着過去一個星期的 **時間** ⏰，已經找到那個外國人，並取得地圖了。」

「那我們該怎麼辦？」

我 **成竹在胸** 地說：「如今唯一的辦法，就是立即趕去巴斯契亞，在 ✦$寶藏$✦ 附近的地方等着他們！」

因為無論如何，所有想要得到寶藏的人，都將會不約而同地齊集於 **巴斯契亞**。我要在那裏迎戰死神和黑手黨，拯救黎明玫，並同時解開隆美爾寶藏之謎 **！**（待續）

師承

從這招式，我已看出他的**師承**了。

意思： 指學術、技藝上的一脈相承，學習並繼承知識、文化、技藝等。

兵不厭詐

「朋友，**兵不厭詐**。」他笑道。

意思： 指用兵作戰時不排斥使用詭變、欺詐的策略或手段獲取勝利，也指用巧妙的手段騙人。

沽名釣譽

呸！比起那個偽充行俠、**沽名釣譽**的畜牲，我認為死神算是個聖人了。

意思： 用不正當的手段謀取名聲和讚譽。

下盤

我扭腰避開，當頭一掌回擊下去，同時左腳一勾，襲向他的**下盤**。

意思： 指身體腰部以下的部位，尤指腿部。

自甘墮落

只要腳踏實地做事，欠債總有辦法慢慢還清的，毋須**自甘墮落**，幫他做不法的勾當！

意思： 形容人自暴自棄，不求上進。

衛斯理系列少年版 05

鑽石花 ⬆

作　　　者：衛斯理（倪匡）

文 字 整 理：耿啟文

繪　　　畫：余遠鍠

出 版 經 理：林瑞芳

責 任 編 輯：蔡靜賢

封面及美術設計：BeHi The Scene

出　　　版：明窗出版社

發　　　行：明報出版社有限公司

　　　　　　香港柴灣嘉業街 18 號

　　　　　　明報工業中心 A 座 15 樓

電　　　話：2595 3215

傳　　　真：2898 2646

網　　　址：http://books.mingpao.com/

電 子 郵 箱：mpp@mingpao.com

版　　　次：二〇一九年四月初版

　　　　　　二〇二〇年二月第二版

I S B N：978-988-8525-57-7

承　　　印：美雅印刷製本有限公司